春华秋韵

吴世维 著

敦煌文艺出版社

图书在版编目（CIP）数据

春华秋韵 / 吴世维著. -- 兰州 ：敦煌文艺出版社，2019.4（2023.1重印）
ISBN 978-7-5468-1719-4

Ⅰ. ①春… Ⅱ. ①吴… Ⅲ. ①诗集－中国－当代 Ⅳ. ①I227

中国版本图书馆CIP数据核字（2019）第056067号

春华秋韵
吴世维　著

封面题字：冯　诚
责任编辑：侯君莉
装帧设计：石　璞

敦煌文艺出版社出版、发行
地址：（730030）兰州市城关区读者大道568号
邮箱：dunhuangwenyi1958@163.com
0931-8773258（编辑部）
0931-8773112　8773235（发行部）

天津旭丰源印刷有限公司印刷
开本 880 毫米×1230 毫米　1/32　印张 5.625　插页 2　字数 130 千
2019 年 4 月第 1 版　2023 年 1 月第 2 次印刷
印数：1 001～4 000

ISBN 978-7-5468-1719-4
定价：32. 00 元

如发现印装质量问题，影响阅读，请与出版社联系调换。

本书所有内容经作者同意授权，并许可使用。
未经同意，不得以任何形式复制。

序言 / XUYAN

吴门有诗写芳华

冯诚

打开眼前这本印制成册、散发着墨香的诗稿，着实让人惊喜半晌！从作者丰富多彩的人生阅历到那一首首满带泥土芬芳和时代气息的诗篇，我的思绪在诗行和作者之间不停地穿梭，仿佛从一条涓涓溪流的源头，穿过岁月的烟尘走近了一条波涛滚滚的长河：人生的风景可以如此水阔岸宽！这些年来，我已很少这样从头至尾一字不落地仔细阅读过一本诗集，更没有哪一本诗集唤起我想动手写点东西的冲动！

诗集的作者吴世维老先生，本是我十分熟悉和敬重的长者，但他写诗并准备出诗集，对我来说却是闻所未闻的新鲜事。

吴老先生是四弟冯毅的岳丈，也是我们临洮同乡，一九九七年从临洮中学退休后迁居兰州。我与之相识的近二十年间，每年春节或暑期回兰州探亲时，总要去看望他老人家，每次见面，总有说不完的话题。今年夏季适逢老人伞寿，我到兰州避暑时自然又去拜见，没想到这次见面，他突然间成了一位令我敬佩的忘年诗友：一本即将付梓的诗稿已整理成册，呈送亲朋好友赏读品评。与我见面，话题都是围绕这部诗稿的出版。他和我反复探讨诗集到底取什么书名好，并希望由我题写书名；对诗稿的整理编写过程、诗歌的内容和特色，也滔滔不绝地讲给我听。最让我叹服的是他竟然能把二十世纪五六十年前当探矿队员时写的几十首诗稿完好无损地保存到现在，直到今年初，花了将近两个月时间整理编改，成为现在这部诗集的主体，这是何等珍贵的诗史呈现！

在我印象中，吴老先生向来仁厚谦和，低调内敛，行事严谨，从不张扬。但是有谁知道，他表面平静如水，内心世界却激情澎湃诗心涌动。

世维老是临洮中学一九五八届高中生，毕业后曾在中科院兰州分院动力研究室、地质研究所工作三年多，从事地质普查找矿等工作，足迹遍及河西走廊、新疆和内蒙古边界许多地方，直到一九六一年十月被精简下放支农回乡。此后又发愤读书，于一九六三年考入西北师范大学数学系本科就读。大学毕业后先后在渭源县和临洮县从事中学教学三十年直到退休，教书育人，卓有成就。特别是在临洮中学代高中数学课二十年间，因其出色的讲台风采、教研成果、师德风范名播校园，饮誉乡里。他是中学高级老师，曾担任学校数学教研组长，荣获学校“教学能手”、临洮县先进教育工作者、“定西地区优秀知识分子拔尖人才”

等诸多荣誉，多次受到市县政府及教育部门表彰奖励。

吴老先生虽然学的是数学专业，但他一生阅历丰富，学养深厚，兴趣广泛，所以才有可能拿起笔来记录那个时代的精彩和他个人生活的感悟。他们那一代人生活的艰辛和磨难，自不必说，关键是他们无论在什么情况下都充满着对生活和人生的梦想，不消沉，不懈怠，笑对命运，豁达乐观，因此才有可能永远保持诗人的童心和激情。

对我来说，捧读吴老的诗篇，还多了一重视角维度，这就是他鲜为人知的名门出身。

吴老先生是陇上历史文化名人吴镇的七世孙，有着深厚的文脉渊源和家学传统。吴镇（1721 — 1797 年）甘肃临洮人，在清代文学史中有重要地位，我在兰州大学中文系读书时，明清文学史老师专题讲过吴镇的文学成就和地位，《我忆临洮好十首》备受推崇。据史书记载，康熙六十年（1721）吴镇出生于临洮县城菊巷旧宅，十二岁就通解声律，能诗善文，“读书五行齐下，私塾中皆称之为神童”。二十岁中拔贡，二十六岁负笈求学，二十九岁中举人，历任山东陵县知县，累官湖南沅州知府。辞官回乡时，两袖清风，行装只有书画数卷，沅州石数块而已。回抵临洮后，在兰州主讲兰山书院，其教授八年。其间常与袁枚、王鸣盛、姚颐、杨芳灿等人相互赠诗，酬唱往来，特别是与袁枚南北相隔万里，终生未能晤面，却经常书简往来，彼此景仰，交谊甚密。吴镇不但精于诗词，而且还对绘画、书法也有一定的研究，被称为“关中四杰”之一。令人欣慰的是，这样一位距今二百多年的历史文化名人，在他后人的悉心守护下，今天我们还能触摸到他当年的生活痕迹，呼吸到他文脉延宕的气息！

记得一年夏天，我和四弟回临洮老家时，专程到县城北街的菊巷参观了吴镇旧居宅院内的“上马石”和老井。给我们印象最深的是吴氏宅院的老井。这口井因其井道倾斜造型独特，人称“扳倒井”。相传在吴镇出生前夜，“母梦浚井，得明珠一枚，拭之光辉满室。以告其父，父曰：‘昌吾宗者，其此子乎？’故先生初名昌”。这口老井至今保存尚好，井口弧旋向下的石阶和青砖修葺的井壁整洁坚固，井水依然清爽甘甜。

人事有代谢，往来成古今。从吴镇到吴世维，时代变了，社会变了，但菊巷的故事仍然在吴氏后人中代代相传，吴镇为官为文治学育人的精神风范如江上清风山间明月，光照后人。

在和老人的交谈中，我也深深感受到他对吴镇教育思想和诗歌写作的传承光大有一种强烈的紧迫感和忧患意识。作为吴镇的嫡传子孙，近年来，吴老先生一直为保存好吴镇旧居、加强对吴镇教育思想和文学作品的研究奔走呼号，也引起了不少专家学者的共鸣。显然，他在耄耋之年花费巨大精力和心血，矢志整理、出版他的第一本诗集，用实际行动践行他对前辈诗学的承传，就是想用实际行动证明吴镇后人在，吴镇留下的文化遗产不能被历史烟尘淹没。从这个意义上说，世维老先生八十岁写诗出诗集，也是情理之中的事了。

吴老先生把他的诗集按时间顺序和不同内容分为三

辑，包括“青春梦影”“农村新貌”“嘉年华吟”。其中我最欣赏的是收在第一辑中的五十三首诗作，其内容丰富题材广泛，可以说每一篇都让人喜爱。这是作者二十一岁到二十四岁在地质队探矿时所写。那正是一九五九年到一九六二年初三年经济困难时期，这个时间段，在今天看来对经历过的人来说有不少沉重的记忆。但在当时，一个刚满二十岁的高中毕业生，跟着探矿队穿戈壁过沙漠，跋山涉水夜以继日为祖国寻找矿藏，在他心中那是何等光荣何等诗意！

《野外地质颂》《致煤矿工人》《戈壁无道踏出路》《实在我还太年轻》《地质战士爱高原》《荒野小溪旁》《队长的榔头》等等，光看看这些诗题，就很是鲜活生动引人入胜。“戈壁滩／行路难／风卷黄沙撒满天／沙滩黄羊难留步／自古沙滩少人烟／戈壁滩／今古变／地质找矿高山岩／寻到矿石地下住／矿工敲山矿藏献”（《戈壁滩》）。这首诗是作者一九五九年三月由河西走廊前往内蒙古额济纳旗一带找矿途中所写。昔日风沙弥漫荒无人烟、连黄羊都难以驻足的戈壁滩，如今因为地质队员在戈壁山岩下找到了矿藏，千古戈壁滩不再狰狞恐怖。短短八行诗句，简捷明快，精准生动地呈现出戈壁滩上发生的变化。

“狂风卷沙遮住天／戈壁黄沙满地面／看不清路向何方／车轮沙中往下陷／车轮底下加上垫／齐心推搡车向前／沙滩无道踏出路／地质勘查换新天”（《戈壁无道踏出路》）：路遇狂风沙暴，车子陷入沙地无法前行，于是给车轮下铺垫一些东西，再靠人推车驶设法越过松软区域，这种情况西部地区的人时有所见。但地质队员要长时间在这样的野外环境下作业，可能每天都遇到这种情况，其艰苦程度可想而知。但在作者笔下，为了地质勘查，就是要在这无路的地方踏出路来。一个风卷狂沙的典型场景，一个车轮下陷的典型镜头，极其巧妙地勾画出一群前往勘查现场的地质队员，勇于战胜一切艰难险阻，为祖国地质勘查事业无往不前的精神风貌。

《队长的榔头》构思独具匠心，很见作者的诗作功力，它通过一把榔头反映探矿队长的榜样形象：榔头利刃常更新 / 木头把柄印痕生 / 手掌厚茧硬刺骨 / 多少春秋难记清。开头四句话，巧妙地推出了三个特写镜头并交代出时间的跨度：榔头利刃钝了又换，把柄上已磨出了印痕，握榔头的手也磨出了厚厚的老茧，而这样的情状已不知道经历了几多春秋。紧接着，场景转换，镜头由物及人：山间队长何处寻 / 荒山深处听锤声 / 坚硬岩石锤劈碎 / 岩层底下藏矿层。作者以设问自答的方式告诉读者，那个手上磨出老茧、榔头把都磨出印痕、长年累月战斗在探矿一线的人就是探矿队长，显然他比别人流了更多的汗水，付出的更多。而此刻，他正在荒山深处用榔头敲打着坚硬的岩石，以便扒开岩石找到矿层。作者笔下的队长似乎并没有“出场”，读者甚至连他的背影都没有看见，但手上的老茧和山间的锤声已经使他的形象在读者心中崇高可敬起来。

这些诗作中，还有一些战友别离、游子思乡、男女爱慕的抒情诗篇，也写得灵动优美。比如《片刻甜休》一诗，写年轻的探矿队员终于将勘探捷报寄出后刚刚进入香甜的梦乡，一位姑娘却要来见他，这时作者以第一人称的口吻挡住了姑娘：“轻一点，轻一点 / 说话声音小一些 / 不然他可就要醒 / 轻一点，轻一点 / 勘探捷报刚寄去 / 他的心儿才睡静 / 轻一点，轻一点 / 姑娘你可别多心 / 走路也不要碰出声 / 有什么事儿这样急 / 你先在帐外等一等。”显然，姑娘来见的人一定是勤奋能干的好青年。这样清纯唯美的诗句带给人的必然是一种精神的愉悦和心灵的享受。

优秀的诗歌作品一定是现实生活的反映，也体现着作者的思想境界。吴世维老先生当年曾是单位的先进工作者，中科院兰州分院的青年红旗手。那个年代，受科技水平和物质条件限制，探矿队员远离亲人远离城市，常年与戈壁大漠风沙相伴，工作生活环境非常艰苦，常常风餐露宿，挨饿受冻。但他们为了祖国的探矿事业以苦为乐，将个人的一切置之度外。这些诗就是作者当年的生活写照，字里行间的诗性赋能和历史承载是显而易见的。

第二、第三辑作品是作者一九九七年从教学岗位退休、中断写诗三十五年以后“不忘初心”、重拾诗笔的新作。内容涵盖改革开放以来广大城乡翻天覆地的新变化，游览祖国名山大川、风景名胜的纪行感赋，友人酬唱的即兴之作，及对现代社会生活现象以及人生境界的诗化悟读等等，很有现代气息。

吴老先生曾说，他现在写诗、出诗集，是“重温青少年时的爱好，吐出内心的激情，抒发久藏的情怀！”诚哉斯言！纵览作者二十余年的新作，涌动于笔下的“三大情怀”令人动容！

乡愁情怀，就是情系家乡，不忘来路。诗集中有十多篇新作讴歌家乡临洮新貌，《洮河大桥》《临洮西湖》《卧龙寺》《南屏山麓新农村》《岳麓山公园》《扳倒井》《引洮》《洮水河川》等等。难能可贵的是这部分诗稿与吴镇的《我忆临洮好》有异曲同工之妙。家乡的山水风物、民风民情在诗人笔下都富有诗情画意。站在龙寺远野眺 / 洮水银装浪滔滔 / 南屏隐现凝白雪 / 北岭聚云绕山腰（《卧龙寺》）；柳影湖面拂蓝天 / 游船争渡戏浪翻 / 站在拱桥夕阳里 / “西湖晚照”美景羡（《临洮西湖》）。读着这样的清词丽句，想象着如诗如画的家乡山川风貌，“谁不说俺家乡好！”

庶民情怀，就是始终怀有对普通百姓的情和爱。第二辑中《建筑组诗十首》专写各种“工”的诗，特别引人注目：《农民工》《砖瓦工》《模板工》《架子工》《钢筋工》《混凝土工》《水暖工》《电工》《电焊工》《粉刷工》。那些劳作于城乡各处的工人们，在吴老先生笔下，成了支撑社会大厦、为千家万户排忧解难传送温暖、让人心生敬意的善良使者。这些人或奔忙于一个个建筑工地，或走街串巷上门入户，顶风冒雨早出晚归，打拼于社会，透支着青春：砖瓦匠工迎朝霞 / 站在高高脚手架 / 手持红砖砌楼墙 / 芳心宏图建大厦（《砖瓦工》）；铁管塑管堆满厅 / 长短粗细数目清 / 上高爬低接管忙 / 上水下水暖分明（《水暖工》）……这种以庶民百姓视角入诗、细腻刻画社会苍生的短章读来亲切温暖，尤为感人，让人体会到普通人的社会价值和人性光辉。此类诗篇最近几年他还写了不少，如《赞金城交警》《架线女工》《育花师》《金城环卫工》《荒山绿化者》《背篓电工》等。毫无疑问，这些诗篇必然会启迪社会良知，传递正能量！

时代情怀，就是感恩“新时代”，唱响“中国梦”。值得关注的是，去年以来，作者写的诗作增多，仅今年上半年就有将近三十首诗收入集子中。与之前相比，写诗的视野更为开阔，作品更加观照当下、贴近时代。“奔小康”“中国梦”“反腐倡廉”“一带一路”“共赢共享”“新时代”这些社会热词，都进入他的抒情诗篇。《十九大感怀》就是这一阶段很有代表性的一首“政治抒情诗”。在作者眼中，五洲四海颂扬十九大，就是因为“国民经济在稳步增长 / 民生收入年年有喜庆 / 走中国特色社会之路 / 美丽祖国向富强奔腾 /；治沙治霾治污绿色发展 / 展现出美丽的生态环境 / 高科高铁新能遍布神州 / 显示出了新时代的启程”。全诗从“脱贫致富实现中国梦”，到 “反腐利剑指向苍蝇老虎”，从强军之师国家安宁到医保养老民生福祉，从“一带一路走向共建共享”到“包容合作带来携手共赢”，纵横捭阖，气势恢宏，展现了中国经济社会在习近平新时代中国特色社会主义思想引领下破浪前行的壮丽画卷。《共享同振兴》《实现新时代的期盼》《科考卫星上了天》《党的爱心暖心窝》等，都从不同侧面反映出作者感恩新时代、唱响中国梦的美好心声和愿景。

“诗者，志之所之也。在心为志，发言为诗”。吴老至今激情不减，诗笔犹健，既是个人志趣使然，更是时代的感召！他用自己的诗行告诉我们：写诗的人永远年轻，耄耋之年，照样可以为梦想起舞！

2018年8月于兰州

冯诚：甘肃临洮人，新华社高级记者，享受国务院政府特殊津贴专家，诗人，中国书法家协会会员。1997—2016年历任新华社新疆分社、甘肃分社、湖北分社，及江苏分社社长、党组书记。

现为兰州大学新闻传媒学院院长、教授、博士生导师。

目录

第一辑：青春梦影（1958—1962年）

第二辑: 农村新貌(1997—2012年)

第三辑：嘉年华吟（2009—2018年）

第一辑　青春梦影

年 月 日 星期 天气

队长的榔头

榔头利刃常更新，
　木头把柄印痕生；
手掌厚茧硬刺骨，
　多少春秋记不清！

山间队长何处寻？
　荒山深处听锤声；
坚硬岩石锤劈碎，
　岩石底下藏矿层。

1981.9于矿区

野外地质颂

载着野外风沙霜，
满身黄土散清香；
荒山野岭深脚印，
明月陪伴露营帐。

四海歌声满天扬，
冰山雪地常踏访；
不怕暴风雨突袭，
测旗飘扬高山上。

载着野外风沙霜，
满身黄土散清香；
笑声唤醒矿山石，
普查祖国大矿床。

1959.3 于河西走廊

致煤矿工人

地质取样下矿井，
提个小灯矿道行；
煤矿工人战地下，
采煤奉献矿工情。

过去手握钢钎锤，
日夜下井常采煤；
采呀采来采呀采，
采得腰酸心憔悴。

如今越想越是美，
手里紧握风钻锤；
采呀采来采呀采，
采得煤炭堆成堆。

采煤机声响矿井，
推煤小车矿道行；
煤矿工人战地下，
采煤奉献矿工情。

1959.3 于河西芨芨台子煤矿

戈壁滩

戈壁滩，
　　行路难！
风卷黄沙撒满天；
沙滩黄羊难留步，
自古沙滩少人烟。

戈壁滩，
　　今古变！
地质找矿高山岩；
寻到矿石地下住，
矿工敲山宝藏献。

1959.3 于甘肃—内蒙古

煤炭

井下的矿工，
　采煤的群英；
让你发出欢笑声音，
　把你从沉睡中唤醒。

你满身乌黑，
　像多棱墨镜；
你的心底藏着火种，
　能发出巨大的热能。

你给所有的人，
　勤送满腔热情；
燃尽自己成为灰烬，
　留给人们温暖、光明！

1959.4 于旱峡煤矿

古时的沙金坑

在那遥远的古代，
在那戈壁的沙坑；
　谁来过这里淘金？
　经历过苦难历程。

这里有蜃楼海市，
这里黄羊野马声；
　沙漠深处藏沙金，
　狂风卷沙路难行。

有的归里捎金沙，
有的一去无回程；
　可现在沙坑无金，
　诉说着过往苦情。

今天地质队来到，
今天晚歇沙金坑；
　不是为了寻遗金，
　明天普查登山峰。

1959.5 于河西走廊

手捧铍矿献国庆

——中科院兰州地研所于一九五九年九月在河西走廊北山找到稀有金属铍

野外寒风正相迎，
为国找矿去远行；
从金城过沙滩，
在走廊的北山，
山脚下撒满笑声，
高山上踏遍峻岭。

小锤把岩石敲醒，
脚步把小路踏平；
走过的路艰难，
在走廊的北山，
敲开了稀矿门庭，
争相把石样细评。

饱经荒野的寒冷，
带着满身泥土腥；
牢记金城久盼，
在走廊的北山，
经过征战多少程，
手捧铍矿献国庆。

1959.9 于河西北山

实在我还太年轻

——献给爱事业的青年

朋友见面总是笑，
我的年龄不算小；
该到结婚年龄啦！
妈妈总是爱唠叨。

　实在我还太年轻，
　不到求婚的年龄！

登山找矿战不休，
哪有时间多思求；
别人正在百忙中，
怎好意思去郊游？

　实在我还太年轻，
　不到求婚的年龄！

没有徘徊和忧伤，
敢与日月争时光；
一分力量一分热，
青春时代发出光。

1959.12 于兰州

地质队来到雅盐池

茫茫盐池有多美，
朵朵白云挂盐堆；
地质普查雅盐池，
四周地界难找回。

轻便铁道南北配，
姑娘推车云里飞；
要问雅盐有多少，
姑娘笑声引人醉。

1960.2 于内蒙古雅盐池

戈壁无道踏出路

狂风卷沙遮住天，
戈壁黄沙满地面；
看不清路向何方，
车轮沙中往下陷。

车轮底下加上垫，
齐心推搡车向前；
沙滩无道踏出路，
地质勘查换新天。

1960.3 于戈壁滩

走廊绿洲行

古时走廊行，
心痛如寒冰；
飞沙奏高歌，
风车多不幸。

今日绿洲行，
细看今日景；
河水响悠悠，
绿荫喜相迎。

再待走廊行，
想往将来情；
黄沙绿草盖，
幸福在天明。

1960.3 于去民勤路上

赞冰川队

云雾层层压山前，
冰雹时时将路拦；
　山又高，
　　　路艰险，
冰川队在攀山岩。

冰雹如弹风似剑，
飞雪大雾裹身寒；
　山雪封，
　　　寻路难，
攀登冰山难阻拦。

小锤敲在冰川岩，
冰川战士战冰山；
　破冰雪，
　　　找水源，
清泉沉睡山上面。

1960.4 于河西走廊

地研队员的想望

背一身轻便行装，
离开了金城风光；
告别年老的母亲，
踏上了风雪走廊。

踏上了风雪的走廊，
可知地研队员想望；
爱上这严寒的天气，
还是那春天的园地？

攀登在起伏山冈，
采选了不同岩样；
迎来做伴的明月，
夜宿在荒僻山旁。

夜宿在荒僻的山旁，
可知地研队员想望；
喜欢这荒僻的山巅，
还是那家乡的田园？

忘记白天的繁忙，
在灯下瞧着矿样；
补写采样的日记，
又要迎明天奔忙。

又要迎明天的奔忙，
可知地研队员想望；
情愿这青春的艰辛，
不愿那消闲的欢欣！

1960.4 于去新疆的路上

野马泉

野马泉，野马泉，
不见野马不见泉；
风吹起来黄沙下，
过路行人留冷言。

野马泉，野马泉，
是谁在此巧打扮？
今天风吼不见沙，
地质战士住泉边。

野马泉，野马泉，
何时清泉重见天？
喝碗泉水美如酒，
找到矿藏好设宴。

1960.5 于新疆野马泉

正迎着山边的朝阳

正迎着山边的朝阳，
山岭里来了群姑娘；
她们唱着、走着、笑着，
让露珠打湿了衣裳。

小道上正开满野花，
谁也顾不上去采它；
她们急急忙忙跑过，
让野花抖落在脚下。

高举测量队的花杆，
她们奋力爬上山尖；
挺立在高高的云岩，
向北京致一声早安！

沐浴着荒野的朝阳，
描绘出姑娘的理想；
竖立起高高的井架，
铺设好矿工的家乡。

那时她们这群姑娘，
仿佛打开楼房门窗；
再采来最香的花草，
欢迎矿工们来住访。

可现在都正在奔忙，
让露珠打湿了衣裳；
也不去采一朵野花，
也不去晒一晒衣裳。

正迎着山边的朝阳，
山岭里来了群姑娘；
她们唱着、走着、笑着，
美化着祖国的形象。

1960.6 于新疆

地质战士爱高原

餐风饮露战荒山，
破雾披霞立云岩；
地质战士在高原，
地质战士爱高原。

在那荒僻深山间，
在那风沙戈壁滩；
任凭雨淋风呼啸，
日夜找矿四处探。

早上爬上高山岩，
晚上歇在清水泉；
羊皮大衣寒难消，
雪鸡黄羊煮夜餐。

跑遍戈壁野林间，
踏测万里高山川；
描绘蓝图献给党，
钢花油浪换新天。

餐风饮露战荒山，
破雾披霞立云岩；
地质战士在高原，
地质战士爱高原。

1960.6 于河西走廊

片刻甜休

轻一点，
　　　轻一点！
别让帐外黄风吹，
别让床头晨阳停；
说话声音小一些，
不然此刻他就醒。

轻一点，
　　　轻一点！
勘探捷报刚寄去，
他的心儿才睡静；
嘴角露出一丝笑，
艰辛容颜还显明。

轻一点，
　　　轻一点！
姑娘我说你别多心，
走路也不要碰出声；
有什么事儿这样急？
你先在帐外等一等。

1960.6 于河西北山

阳光灿烂照边疆

——献给勤劳的维吾尔族人民

风儿轻吹沙忘卷，
抬头瞭望见青烟；
绿洲里面显村庄，
不是海市蜃楼现。

丝丝青烟绕上天，
高高白杨四周拦；
瓜果园里琴声起，
男唱女跳歌舞欢。

送客牵马送登山，
举目再望戈壁滩；
阳光灿烂照边疆，
绿洲住在荒沙边。

1960.6 于哈密

远望高峰赞英雄

——赞中华儿女首次登上世界屋脊

白发长长挂身上，
层层白云游身旁；
珠穆朗玛峰山巅！
　你的头颅高高扬，
　世界人民在仰望！

登山英雄穿战装，
从京出征战山上；
天寒地冻路艰难！
　进军步伐难阻挡，
　征战世界屋脊上！

雪崩雾漫压四方，
冰堆峭壁把路挡；
多少英雄为了你！
　冰天雪地爬山上，
　望着你在云中央！

英雄登在峰顶上，
神州人民欢歌唱；
中华儿女战高峰！
　天山秦岭拜脚旁，
　世界人民齐仰望！

1960.6 于新疆

戈壁沙滩的风暴

古时呼啸的风卷来，
在戈壁滩随意暴裁；
堆起了高高的沙丘，
塑造出长长的沙带。
　淹埋过牧人的羊屯，
　淹没过古时的小镇。

今天还有暴风袭来，
在沙滩上奔跑践踩；
卷走尘土带走黄沙，
留下枝叶空中游待。
　先在天空飞旋残存，
　而后飘落沙滩四邻。

风浪呼叫着已离开，
慢慢游向了那村寨；
一路受阻身历憔悴，
终于缓缓地停下来。
　再不愿来村中欺侵，
　乖乖地在林前消寝。

1960.7 于戈壁沙滩

等待着远方的来信

爬上了远处的山冈，
不断地向四周瞧望；
在山上焦急地等待，
等待书信送到边疆。

看不见远处尘土扬，
听不见山边车声响；
在山坡上慢步徘徊，
在徘徊中苦思冥想。

莫不是麦收不景气？
不愿来信诉说情意！
莫不是年老有病情，
写封回信内心无力！

昨夜写信远思故里，
献上想念时的情意；
将边疆的心意带去，
等待父母送来信息。

1960.7 于新疆

苦水泉边

这里草丛中流着清泉，
地质队选在它的南面；
搭好营帐砌好了炉灶，
勘探取样要留住几天。

不见野马黄羊来饮泉，
不见过路群鸟戏水边；
不见驼队来取水歇脚，
只听驼铃声由近及远。

原来这里是个苦水泉，
没有人畜留住在泉边；
附近有丰富的铬铁矿，
莫非影响用苦水做饭？

厨师帐外忙把沙葱捡，
野菜葱包味道十分鲜；
谁都不说肚子咕噜响，
背起小挎包又去上山。

1961.7 于苦水泉

祁连雪水下山来

绵绵祁连卷巨澜，
　皑皑山峰游云海；
冰川战士寻水源，
　走廊儿女上山来。

飘飘红旗冲云霄，
　朵朵白云脚下踩；
山高路险抒壮志，
　冰山雪地重安排。

高山水库在祁连，
　融冰化雪从剪裁；
新引河渠绕山流，
　祁连雪水下山来。

1960.8 于河西

野外地研有多骄

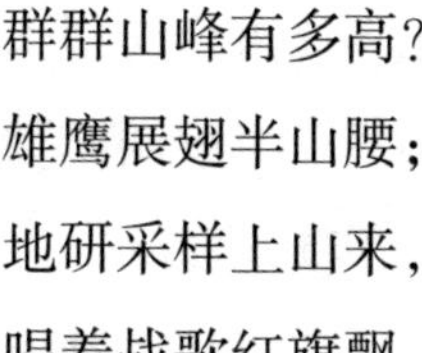

群群山峰有多高？
雄鹰展翅半山腰；
地研采样上山来，
唱着战歌红旗飘。

战衣舞在白云霄，
小锤敲打群峰晓；
待到稀矿找出来，
野外地研有多骄。

1960.8 于河西

钻井队

在遥远的天边上嗷叫，
从金色的地平线起潮；
风呼啸着！
呼啸着，
风卷来了，
刮近了！

拔起新栽的沙柳，
卷起新搭的帐头；
扬撒起满天黄沙，
灌满了钻工衣袖。

钻井机放声大吼，
风从井架边溜走；
重新搭起钢屋架，
要长期在此驻守。

从钻工的井边上溜掉，
在金色的戈壁滩逍遥；
　风呼啸着！
　　　　呼啸着，
　风卷走了，
　　　　溜远了！

1960.8 于矿区

迎着朝阳向前

迎着朝阳奋勇向前，
把高原的山河踏遍；
不是游闲孤独脚步，
地质科研高原奋战。

穿越戈壁走廊险滩，
爬上冰封的祁连山；
打开了冰封的水库，
粮棉瓜果绿洲种遍。

跑遍荒原野岭山岩，
各种矿石为国呈献；
高原建起各种矿厂，
点燃火花四处飞溅。

拼搏飞沙漫卷沙滩，
奋战找油献上雄愿；
荒野沙滩油浪喷出，
“陆相无油”实是谎言。

地质测探山峡石岩，
山峡工程黄河换颜；
咆哮河水在此留步，
金城夜晚美如江南。

迎着朝阳奋勇向前，
把高原的山河踏遍；
不是游闲孤独脚步，
地质科研高原奋战。

1960.11 于兰州

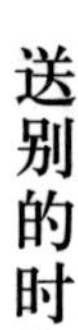

送别的时刻

三月春阳暖天涯，
地质远征吐新芽；
送友离兰去找矿，
万里征途始脚下。

没穿件我织的新衣，
也没喝碗我做的汤；
没有什么再送给你，
有一肚话儿要细讲。

你风里雨里去奔走，
送月踏露迎着朝阳；
你山边野地去露营，
可别让心儿胡乱想。

已播的情意记在心，
采花要等到红花香；
你问我的那句话啊！
反正不会使你失望。

那时洗补好旧工服，
　新做的饭菜等你尝；
那时你凯旋洗尘沙，
　为四化找到了新矿。

　三月春阳暖天涯，
　地质远征吐新芽；
　送友离兰去找矿，
　万里征途始脚下。

1961.3 去河西列车上

再点炉灶

风儿在空中呼啸，
一群鸟儿在啼叫；
躲进了白杨树林，
责怪突来的风暴。

地质队还在山道，
不知可遇上风暴；
攀登陡峭的山岩，
何处将风暴躲逃。

做的饭菜已凉掉，
队员们何时来到；
焦急地向山瞧望，
不安地再点炉灶。

1961.4

欢乐的一天

红五月的花儿鲜艳，
我们到那山上去玩；
那里有往来的云雀，
莫非等我们去瞧看。
　走啊！快快地走，
　我们到山上去联欢！

大家去把山花采选，
用情意编织成花环；
像红五月北京一样，
让花环撒满在蓝天。
　走啊！快快地走，
　我们到山上去联欢！

从每一座石矿山岩，
登上那最高的山尖；
看一看红五月烟火，
瞧一瞧祖国的河山。
　走啊！快快地走，

　我们到山上去联欢！

小伙子带上了琴弦，
姑娘们别忘了舞衫；
和远方的青年朋友，
共度过欢乐的一天。
　走啊！快快地走，
　我们到山上去联欢！

1961.5 于新疆

养路工

测量勘察出新路面，
养路工是男女青年；
填平沟槽铲平了包，
西风飞渡初来春寒。

飞沙走石敲击脸面，
暴雨袭来皮衣单闲；
心里满载修路豪情，
条条公路连通高原。

1961.4 于去张掖路上

密林女郎

她不是出生在农家的闺女，
也不是生长在闹市的姑娘；
她当着春天刚刚到来，
就穿一身绿色的衣裳。
迎着风雨
迎着朝阳；
飘摇着动人的姿影，
为荒原尽情地梳妆！

当我经过她身旁的时候，
她就伸出一双殷切的手；
柔枝和野花摆设好卧铺，
要我在她的园亭中停留。

轻风邀请来林间的琴友，
夜莺卖弄着好客的歌喉；
这歌声宛如美妙的合唱，
仿佛就是特意为我演奏。

她将水露卷藏在了身头，
甜美的果实装满了衣兜；
当她的衣袖快乐地抖动，
就忙着赠我美果和甜酒。

如今明月滑行在了树梢，
她就在我的床边轻轻摇；
一会儿她的衣裙在空中舞，
一会儿又稍稍盖在我的腰。

一旦她起身去迎接黎明，
她就用水雾为我做饯行；
你快去上那高山岩探访，
归来时再甜休在这园亭。

1961.6 于乌鲁木齐

玉门路上的姑娘

玉门路上的姑娘，
　穿一身家纺大褂；
说一口家乡方言，
　老家可住在哪嗒？

门前椰林挂彩霞，
勇敢海燕戏浪花；
大风浪里去撒网，
渔儿满仓夜归家。
　妈妈说我——
　　是水里长的小海娃！

那玉门路上的姑娘，
　莫不是来这里出嫁？
还是塞外探访亲人？
　才远离海边的妈妈！

雄鹰高旋白云下，
有座高高脚手架；
勘探井架刚搭起，
那里是我矿工家。
　不过啊——
　　我还只是个女娃娃！

1961.6 于离玉门的路上

地质槽探

舞动钢钎握手中，
山下槽探在响动；
烈日底下探石矿，
风雨袭来不停动。

探槽挖深矿层通，
寻找矿藏探行踪；
看清岩石还在睡，
山脉构造显矿容。

舞动钢钎在空中，
敲碎岩石矿层动；
沉睡石矿被唤醒，
地质槽探显奇功。

1961.7 于新疆奇台

地质队来了群姑娘

远来的汽车还没有停好，
　无数双眼睛向车门瞧望；
先下车的不是熟悉司机，
　却是群嘻嘻哈哈的姑娘。

她们敞开粗布的蓝工衣，
　两只袖口挽在了胳膊上；
她们戴着粉红色遮阳帽，
　夏日的彩霞在脸上闪晃。

姑娘，莫非是你走错了路，
　错来到了我们地质队上？
你可知我们野外地质队，
　没有姑娘们留住的篷帐？

你怎么说姑娘把路错踏，
　先不让在帐内喝茶歇凉？
你们不喜欢荒野的寂寞，
　为什么在这里安下营帐？

这时小伙子们还想再问，
　　队长突然来到大家身旁；
你们总算找到了地质队，
　　欢迎来野外实习的姑娘！

1961.7 于新疆奇台

狂风·雷电·暴雨

——野外地质生活片断

一

风声呼呼，
大雾茫茫；
　　盖在了山尖，
　　遮住了蓝天。

二

电光闪闪，
炸雷隆隆；
　　划破了夜幕，
　　斩断了枯树。

三

雨声潇潇，
河浪涛涛；
　　洗净了山丛，
　　挂起了彩虹。

1961.7 于新疆奇台

地下的石油在响

在炎热的夏天步行，
在飞沙的戈壁留停；
地质战士爬地探测，
探测着地下的回声。

仿佛像边防战士，
坚守在祖国边防；
仿佛像倾听胎音——
倾听着地下声响。

也不是雨天响雷，
霹雳在荒野山冈；
也不是海上浪涛，
拍打岩石的声响。

这声响画出红线，
记下不同的波长；
这声响来自地下，
扣动在战士心上。

传递出喜悦深情，
　争抢着倾听回响；
传递出地下声波，
　莫不是石油流淌？

　在飞沙的戈壁远征，
　在炎热的夏日倾听；
　地质战士爬地探测，
　探测着地下的回声。

1961.7 于奇台

雨夜

狂风偷偷溜过帐边，
暴雨留下泥土纠缠；
浸透了新帐的蓬顶，
漏下了一丝丝水环。

滴落在薄薄的被面，
停留在雪白的床边；
没有感到雨水湿凉，
更不知深夜的风寒。

队长悄悄走到床边，
用雨衣挂起了帐幔；
急忙脱下身上皮装，
轻轻盖住队员双肩。

1961.8 于新疆乌市

荒野小溪旁

啊！晶莹闪亮的溪流，
弯弯曲曲的流淌；
仿佛是荒野中的明镜，
等待着谁来梳妆！

夕阳彩霞在飘扬，
找矿姑娘来梳妆；
油泥尘污满衣襟，
奇志豪情满胸腔。

风尘仆仆笑飞扬，
你推我挤小溪旁；
快乐姿影飘水面，
多像京城拍影忙。

姑娘洗去脸风霜，
荡净油污旧工装；
捧起油香溪流水，
深情凝望向远方。

可知姑娘早盼望，
石油史册新篇章；
晶莹闪亮的溪流，
你快快向前流淌。

飘满油苗的清香，
快流向北京城旁；
姑娘向祖国报告，
荒野找到新油矿。

1961.8 于矿区

望星

　天空最亮的那颗明星，
　她是亲爱的首都北京。

你在天空最早闪亮眨眼，
　闪现出美丽动人的姿影；
你把那夜间的幽暗扫去，
　让人们分享早来的黎明。

我知道你在天庭的位置，
　是那样遥远又每夜相逢；
每当我烦恼深沉的时候，
　就在星中寻找你的倩影。

你扫去了我心头的忧愁，
　得到了无比关爱的深情；
天庭的银河难和你比美，
　地上的灯光也没有你明。

我想起无数的革命志士，
　为了这颗星奋战的情映；
仿佛看见白发的老妈妈，
　在旗上用心织过这颗星。

如今我又踏在荒山野岭，
　看见了你那光辉的姿影；
沐浴着你发出来的光辉，
　照亮了我前进中的行程。

1961.9 于矿区

队长的榔头

榔头利刃常更新，
　木头把柄印痕生；
手掌厚茧硬刺骨，
　多少春秋难记清！

山间队长何处寻？
　荒山深处听锤声；
坚硬岩层锤劈碎，
　岩石底下藏矿层。

1961.9 于矿区

矿山

是因为思念闹市？
　还是幽居在深山？
你的脸终日阴沉着，
　送走了多少个春天！

你记恨着荒凉的时光，
　忍受着路人的冷言；
你让青春深埋在地下，
　不知深埋了多少年！

那千沟万壑，
　不正是你哭皱的脸面；
那风吹雨淋，
　就是你唯一的慰安！

　啊，矿山啊矿山！
　你为什么，为什么？
　　心底燃烧着火焰，
　　表面却那样冷淡！

你等待着新的一天，
　报一声新的解放；
你的热血涌出心脏，
　青春降临在身旁。

你忙着欢迎所有的访者，
　欢唱着为他们分赠石矿；
你特别对远来的矿工，
　更是把矿山厚礼赠偿。

那井架，那高楼，
　正是为你添的风光；
那红旗，那赞歌，
　就是你光荣的诗章。

啊！矿山啊矿山！
你可知道，可知道？
　是你献出青春的雄愿！
　还是矿工把你巧打扮？

1962.3 于临洮

高原赞歌齐声唱

——献给野外工作者

餐风饮露高山冈，
飞沙暴雨戈壁上；
春色野花身边过，
野外辛劳一生忙。
　奋力奔忙高原上，
　大地欢唱最响亮。

像海燕不怕风浪，
似青松傲立寒霜；
征战在荒山野岭，
高原形象放光芒。
　奋勇战斗高原上，
　高原赞歌齐声唱。

1962.4 于临洮

爆破工

双脚踩在半山腰，
铁锤敲钎高山啸；
爆破石矿满天撒，
运矿小车山下飘。

床上明月霜

采矿连队到山上，
露宿山岩沟坡旁；
深夜寒风床头过，
床上留下明月霜。

运矿

长长钢绳架空中，
嘎嘎车声影留空；
运矿吊车飞如箭，
炼钢石矿云下送。

出钢

夜深月下机声隆，
青烟随风飘在空；
手举钢钎炉中探，
山下空中一片红。

地质队员

山高路陡山重山，
羊肠小道接蓝天；
地质队员来找矿，
跨山越岭不停闲。

夜宿戈壁滩

半夜听见敲门声，
披衣下床望月星；
风从天边卷尘沙，
沙土攻打篷布声。

雨中

低头雾迷茫，
抬头雨乱扬；
湿衣裹身寒，
探矿攀山上。

矿样摆身边

钻机摆山边，
钻工立机前；
钻机隆隆响，
矿样摆身边。

雪水清泉流高原

云雾冰川风雪寒，
鸭绒衣服冷似单；
融冰化雪过祁连，
雪水清泉流高原。

钢花油浪翻

脚踏万重山，
头项白云卷；
敲开矿石门，
钢花油浪翻。

踏破高原天山雪

天山群峰游云间，
骏马奔腾远行难；
踏破高原天山雪，
徒步攀行爬山岩。

争送石矿煤炭忙

云雾茫茫压山上，
山间隆隆车声响；
运行龙车织成网，
争送石矿煤炭忙。

第二辑　农村新貌

年　月　日　　　　星期　　天气

牧女归来

大雾沉沉雨要下，
风卷黄沙满地撒；
　阿妈急到村路旁，
　焦急等待向远望。

闺女放牧替了爸，
急忙赶羊过了坝；
　旺草绿地在远方，
　走时忘了带衣裳。

大雾你快快散化，
暴雨不要给她下；
　不知闺女在何方？
　阿爸出门去寻访。

2009.5

久藏深情冲出口

新织毛衣藏背后，
出门过村急急走；
看见阿哥在前面，
羞羞答答喊出口。

送哥参军离山沟，
每逢见面先拉手；
战后凯归一袖空，
这次谁也不开口。

新织毛衣送出手，
又想说话又想走；
明天我俩去登记，
久藏深情冲出口。

1997.6

洮河大桥

这里原是古老的渡口，
　相连的小船压碎波涛；
船面铺上长长的木板，
　行人车马过河有了桥。

后来安装了摆渡大船，
　代替洪水冲走的浮桥；
今天在碧绿的洮水上，
　架起了一座砼铸大桥。

洮水用浪花迎送行人，
　桥面承受重车的运潮；
每次回故乡常来游赏，
　母亲河上的洮河大桥。

1997.6

农村温饱有出路

包产到户落到户，
地里劳作实在苦；
收完麦粒搞副业，
农村温饱有出路。

晨望

早晨朝阳山映红，
一对黄牛影当空；
莫非牛郎去天庭？
农夫扶犁地换容。

送肥

报春鸟儿未来到，
千村万户真热闹；
男女老幼抢送肥，
今年收成定会好。

镰刀飞舞身低藏

地里麦秆喳喳响，
村里不见人来往；
登上高坡向下看，
镰刀飞舞身低藏。

坡地头

六月麦穗弯下腰，
　书记帮收坡地头；
大娘送来凉茶水，
　渴饮甜在心里头。

农家嫂

农家嫂嫂围磨转，
晚上磨面月下饭；
今天再把农嫂探，
丰产地里才找见。

扬场

一片麦土空中泼，
金色颗粒满地落；
村边阿婆笑声扬：
双对木锨舞金波！

争交爱国粮

手举皮鞭空中响，
车马奔腾尘土扬；
送粮路上排长队，
为国争交爱国粮。

修鱼塘

村里修鱼塘，
两腿黄泥浆；
夯歌塘中欢，
岸上笑声扬。

多时白烟不罩坡

村庄绿山抱平坡，
机声隆隆烟囱多；
大娘抬头悄悄说：
多时白烟不罩坡！

牧羊

站在村头向山望，
一片白云飘山上；
风吹红衣白云游，
牧民姑娘赶着羊。

厂长带头下车间

古树逢阳红花壮，
众人最怕失方向；
厂长带头下车间，
生产经营变兴旺。

赞英雄·悼英烈

任凭那脚镣沉沉，
忍受着钢鞭血痕；
愿舍自由换天明，
从不把头颅低沉。

致富路上

葵花抬头向太阳，
恩惠政策记心上；
农民创业开启头，
致富路上有盼望。

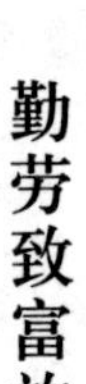

勤劳致富放光芒

改革开放神州降，
科技教育先领航；
四海精英争创业，
勤劳致富放光芒。

莲花山

高岩古树莲花山，
民间歌手聚山边；
尕妹和唱阿哥情，
风谣民歌飘山川。

临洮西湖

柳影湖面拂蓝天，
游船争渡戏浪翻；
站在拱桥夕阳里，
“西湖晚照”美景羡。

三易花卉园

坪上座落三易花园里，
林木花草蝶湖相争奇；
各类兰花温室里培育，
居西北最大兰花产地。

建筑组诗十首

农民工

建筑大军农民工，
离家打工春映红；
高楼大厦从地施，
日夜奋战献苦功。

砖瓦工

砖瓦匠工迎朝霞，
站在高高脚手架；
手持红砖砌楼墙，
丹心宏图建大厦。

模板工

钢管钢架从地擎，
竹胶模板铺架顶；
眼明手快模定型，
墙平顶平楼房明。

架子工

钢管架杆安平稳，
架杆纵横扣件紧；
高高竖立指向天，
寒风空旋身苦辛。

钢筋工

钢筋拉直截出长，
弯出形状配圈梁；
线交钢筋织成网，
钢筋骨架铸楼房。

混凝土工

混凝土工在深更，
明月陪伴震动声；
震声惊醒嫦娥睡，
佩赞梁顶优铸形。

水暖工

铁管塑管堆满厅，

长短粗细数目清；
上高爬低接管忙，
上水下水暖分明。

电工

埋管穿线为接电，
照明动力两样线；
电工师徒日夜忙，
抢时为住早用电。

电焊工

构造大柱焊工接，
点点火花熔钢铁；
百年大计靠梁柱，
焊工焊接显功夫。

粉刷工

内墙劈泥刷白墙，
外墙涂料巧化妆；
空中粉刷墙彩饰，
高楼巧穿新衣装。

啊！毛毛的细雨

啊！毛毛的细雨，
　草原迎接你的光临；
洗净了山边的沙柳，
　打湿了姑娘长衣裙；
滋润着青青的草坪，
　飘洒在草地的羊群。

啊！毛毛的细雨，
　你可知姑娘的愁闷？
羊群里要产小羊羔，
　怕羊羔经不起雨淋；
新生的羊羔抱在怀，
　紧裹上自己的衣襟。

啊！毛毛的细雨，
　快到远方牧村光临；
捎带上姑娘的祝托，
　让细雨洒落在家门。
告诉正等待的阿妈，
　姑娘放牧中的喜讯。

2009.3

牧女归来

大雾沉沉雨要下，
风卷黄沙满地撒；
　阿妈急到村路旁，
　焦急等待向远望。

闺女放牧替了爸，
急忙赶羊过了坝；
　旺草绿地在远方，
　走时忘了带衣裳。

大雾你快快散化，
暴雨不要给她下；
　不知闺女在何方？
　阿爸出门去寻访。

2009.5

等待

每当寒冬来临的时辰，
年终春节等待着相逢；
小宝和爷爷守在炉边，
在唠叨中等待着天明。

山上天气已变得很冷，
打工儿、媳还不见回程；
儿子走时留下个手机，
总怕多耗费只用接听。

前天破例打长话说明：
不要买东西处处节省，
家里需要购置新楼房，
还要为小宝圆大学梦。

2012.1

回家

夫妻约好到车站买票，
想早日相聚节前热闹；
小宝爸拿着车票瞧望，
车站里还不见她来到。

她高兴地提着大小包，
在老远的地方大声叫；
小宝爸带生气的指责：
要买房不乱花钱才好。

她让小宝爸提上大包：
今一早领清全年酬报，
爸妈多年没有换新衣，
小宝也要添件新外套。

2012.1

农家乐

家里租种一片果园，
嫂嫂小姑商讨几天；
果园里办个农家乐，
爸妈高兴不再阻拦。

厅院鲜花争相献艳，
清新香味园内飘散；
树枝扬花果实结满，
淙淙流水拨动琴弦。

鱼塘边情侣正谈天，
翻腾小鱼贪馋钓线；
树丛深处隐藏小房，
鹦鹉学唱迎客情言。

假日游客接连不断，
常来欣赏游玩用餐；
绿色食品农家饭菜，
游闲聚会的好家园。

2012.5

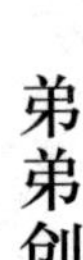

弟弟创业

母亲务农还要打工，
　供姐妹俩上了大学；
弟弟看到母亲辛苦，
　放弃升学回村创业。

弟弟要办个养猪场，
　母亲总是阻拦纠结；
怕他年幼吃不了苦，
　养猪脏累手脚难歇。

假期帮他盖起猪舍，
　卫生搞得干净整洁；
弟弟守护种猪产仔，
　成活率在村里叫绝！

半年后存圈猪翻倍，
　村里人把弟弟夸谢；
他要联合办加工厂，
　为村致富带头创业。

2012.7

第三辑 嘉年华吟

一代诗豪

——纪念先祖吴镇逝世220周年

解救陵县屠刑民，
　知州提道平冤罪；
百废俱兴知府任，
　两袖清风揣石归。

兰山八年教书声，
　重教实学豪兴辉；
诗风故精深雅健，
　诗词育才英名垂。

2017.3.

15×20=300　　　　第　　页

金城晚眺

夕阳里缓缓地相逢，
向着白塔山顶登行；
五泉山晚霞彩虹绕，
黄河在山怀中奔腾；
铁桥像天空的彩虹，
母亲河上霞光桥影。

尽管一路曲折难行，
年老攀登不惧费劲；
想要看全夕阳景色，
只有攀行登临山顶；
沐浴山顶夕阳光彩，
享受金城多彩美景。

2009.3

大海

波涛汹涌海浪翻，
妩媚笑脸吻蓝天；
美丽姿影随风飘，
柔情蜜语含嘴边。

游人站在海岸前，
朵朵海浪相迎欢；
浪花高溅空中游，
瞬间撒花在蓝天。

相送小船出海湾，
小船像星游蓝天；
大海梳妆渔家港，
夕阳晚照看海边。

2009.4 于海南归时

翻山过河迎你归

爬过山，涉过水，
寒去春来常相会。

你对我的情，
播下深的爱；
时时刻刻记在心，
牢记心中不忘怀！

为保国，去部队，
等待复转再相陪。

你对我的情，
播下深的爱；
时时刻刻记在心，
牢记心中不忘怀！

战功立，捷报飞，
翻山过河迎你归。

2012.2

老师好

——孙女为老师生日聚会有感

老师好，老师好，
老师生日相聚好；
祝老师，生日好，
生日快乐身体好！

早迎朝阳晚披月，
寒去春来多风采；
两鬓白发心里甜，
辛勤奉献新一代！

桃李花开春常在，
大地生辉放光彩；
那里也有老师情，
四海播下老师爱！

老师好，老师好，
老师生日相聚好；
祝老师，生日好，
生日快乐身体好！

2012.3

黄河铁桥

黄河之水天上来，
气势磅礴入云海；
好像天上银河水，
织女牛郎难往来。

友人相会黄河笑，
奋战流血铸铁桥；
金城欢唱友谊歌，
两岸情人舞上桥。

天下黄河第一桥，
行人车马涌如潮；
南北繁荣日夜忙，
引领黄河多新桥。

金城难忘第一桥，
加固着装美如娇；
慢步铁桥明月光，
铁桥美景看早朝。

2012.10

金城奔小康

天下黄河金城浪，
征战烽火远离长；
走廊古道金城起，
丝绸之路放光芒。

五泉、白塔相辉煌，
水车博览古时光；
金城黄河铁桥美，
国企、高科领头羊。

改革开放齐领航，
金城大地换新装；
青山绿坡清泉涌，
卫星上天金城忙。

兰州新区迎朝阳，
新能高科建设强；
蓝天碧水米粮川，
美丽金城奔小康。

2013.4

草原牧歌

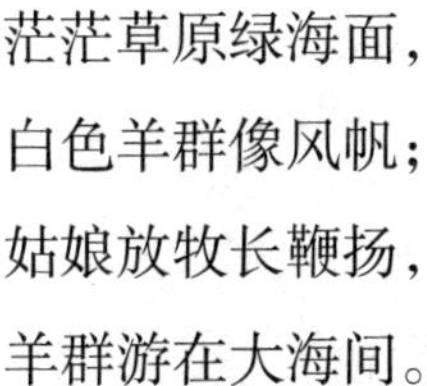

茫茫草原绿海面，
白色羊群像风帆；
姑娘放牧长鞭扬，
羊群游在大海间。

风吹草动绿浪翻，
羊群奔跳浪花溅；
一声鞭响向天游，
白云羊群难分辨。

姑娘站在羊群间，
朵朵白云飘身畔；
鞭声伴和歌声唱，
草原美景独争艳。

2013.5 于草原归来

黄河流过金城湾

黄河流水从何来？
　白云生处挂天边；
黄河咆哮出山峡，
　轻轻梳妆金城湾。

过去羊伐戏水浪，
　过河探亲浪上颠；
水车好比农家媳，
　磨面浇地种瓜田。

如今山峡建电站，
　星星挂满金城湾；
黄河胜似银河水，
　铁桥新桥水上连。

碧浪迎送金城船，
　惊起水鸟空中旋；
高楼倒影舞白云，
　河边公园歌舞酣。

改革高歌赞金城，
　黄河水上南北山；
绿树长裙舞彩霞，
　黄河哺育金城湾。

2013.6

相聚岳麓山

想望着离别那一天，
我们都是校园少年；
想望着祖国的未来，
成长在母校的摇篮。

校园分别难以相见，
各自奔波各自一边；
辛勤奉献青春年华，
岁老夕阳心神依然。

有的工厂农村苦干，
有的日夜耕耘校园；
有的在冰雪风沙中，
都为祖国做出贡献。

不同岗位各显非凡，
播下了苦辛的情缘；
今天远来联欢相会，
共享今朝幸福之年。

五十余年常常思念，
岳麓山下深情相挽；
年老相聚情意流长，
改革年代春光无限。

2013.9 于临洮相见

戈壁变

河西走廊戈壁滩，
你有多大有多宽？
你的首尾在哪里？
古人过滩泪不干。

天连地，地连天，
狂风卷沙路难辨；
黄土地上黄沙罩，
乌云暴雨时时现。

河西走廊戈壁变，
风能光能变成电；
新的绿洲唱新歌，
种草植树瓜果甜。

天接地，地连山，
今天展望戈壁滩；
丝绸之路达欧亚，
戈壁滩上山河变。

2014.8

姜维墩

秦汉烽燧传敌侵，
岳麓山巅建烽墩；
俯瞰古城十里景，
烽墩傲立现风云。

姜维帅兵布战阵，
北伐中原三袭临；
墩台点将建蜀功，
民间流传姜维墩。

2015.3

同窗情谊夕阳恋

——献给临洮中学一九五八级同学

校园分别晚霞散，
天涯春意路漫漫；
金城古楼相聚晚，
同窗情谊夕阳恋。

沙土地

种草植树沙土里，
绿树长林成排起；
狂风难掀沙尘暴，
悄悄溜过绿草地。

水车博览园

黄河流水金城岸，
古时水车忆往年；
碾米磨面不停闲，
浇水灌田瓜果甜。

古时的水车日夜转响，
在空中显现旋转身影；
她从黄河不停地汲水，
水流爬上了木轮峰顶。

像是在高空喷洒清泉，
在空中展现美丽水景；
长悬木槽通向了远方，
传送着清流惠赐深情。

我站在水车前静静思考，
从三大发明到水车降生；
华夏走过了那漫长征途，
在劳动创造中文明传承。

看今天巨大的发电水轮，
　不正受水车转动的启蒙；
看今天大地的新能高科，
　新时代华夏才智现聪颖。

2015.4

老街

水车园里路两边，
雕刻塑像老街现；
牛肉拉面客座满，
甜醅酿皮小吃全。

在向前看游乐园，
兰州鼓子弹唱欢；
猜拳行令高声喊，
金城老街现当年。

2015.4

黄河羊皮筏

羊皮气囊木栅连，
轻背羊筏黄河岸；
羊皮筏子水面飘，
浆板击水浪花卷。

乡里乡亲过河岸，
送粮磨面常相见；
相亲青年急过河，
羊筏颠簸心里甜。

2015.5

黄河母亲雕像

黄河母亲仰坐河岸上，
生育的儿女偎依身旁；
风吹雨淋从没有怨言，
日夜守护着黄河流淌。

黄河是我们华夏故乡，
炎黄儿女在身旁成长；
古时流进争战的血泪，
今天欢笑着向前流淌。

2015.8

赞金城交警

不怕河风恶雨淋，
高热严寒站路心；
车辆有队人有序，
率先为安献情分。

健身

水车园内黄河边，
长廊步道树遮天；
听着流水弹琴声，
盛景陪伴健身甜。

唐僧取经去西天

金城西游塑像焰，
八戒探路沙挑担；
悟空金眼妖难逃，
护送唐僧去西天。

架线女工

黄河影照一点红，
架线女工在空中；
风寒高热忙不停，
高压杆顶线架通。

绿洲之帆

在古来征战几人回的戈壁，
　在春风不度玉门关的走廊；
尽管戈壁滩的路艰险，
　走廊丝绸之路早开创。
　　驼铃声声荒原荡响，
　　河西走廊绿洲闪亮。

曾有过多少年代岁月，
　探访着走廊寻金找矿；
在金色戈壁露月餐霜，
　无情风沙漫卷掉希望。
　　满载着凄凉和忧伤，
　　留下了小径在地上。

自古以来的走廊儿女，
　长期依恋在祁连山旁；
从不怕风暴，不怕黄沙，
　游牧、试种、开垦沙土上。
　　在荒野中开创家乡，
　　兴起最早绿洲村庄。

河西走廊解放中新生，
　奋战沙滩高山找出矿；
迎来远方支边的矿工，
　和河西儿女同建走廊。
　　看公路风沙中起航，
　　列车在沙滩上飞翔。

石油河曾贡献出青春，
　钢城、铜矿在戈壁闪光；
太阳能和转动的风车，
　随黄河三峡一起欢唱。
　　城乡赶走黄沙风浪，
　　将走廊尽情地梳妆。

今天走廊盛产粮棉瓜果，
　实现中国梦带来新曙光；
明天将展现出走廊儿女，
　种草植树改变沙滩模样。
　　沙滩变成草原牧场，
　　河西将成绿洲走廊。

2016.4

育花师

——赠临洮牡丹园

精心种花几十亩，
松土浇水勤施肥；
朵朵牡丹相争艳，
园外散出花香味。

金城环卫工

勤扫路面擦净栏，
炎热天寒明月伴；
排污除尘水喷雾，
环境清新迎蓝天。

黄河流水

每当严寒到来的时候，
　你流水和夏日不一样；
夏日的流水奔啸发黄，
　现在的河水碧波荡漾。

莫非你也有休养季节，
　从山岩丛林出拓流淌；
在河谷山峡抖净泥沙，
　才送给金城碧水细浪。

一旦炎热的夏日到来，
　你就在迎接暴雨风浪；
暴雨冲下山沟的泥土，
　跟随着你在水中流淌。

你全身被泥土染得发黄，
　留下石沙送黄泥去远方；
你在向远方不安地奔流，
　为流着的黄水常感心伤。

华夏儿女的黄河流水，
　期盼四季像现在一样；
暴雨不再送黄土石沙，
　黄河绿水碧波中流淌。

2016.11

海边沐浴

——海南行有感

她唱着、笑着，
轻轻地走来，
她把我引入，
港湾的胸怀；
那里青草丛丛，
绿荫成林，
那里海水静静，
清净洗晒。

她轻轻地走来，
将我拥抱在怀，
在游乐的港湾，
让我披身云彩；
让游访者分享，
海边的阳光；
让游泳者沐浴，
海水的昵爱。

2017.2 于海南

一代诗豪

——纪念先祖吴镇逝世二百二十周年

解救陵县虐刑民，
　知州捉盗平冤罪；
百废俱兴知府任，
　两袖清风携石归。

兰山八年教书勤，
　重教实学豪兴辉；
诗风故精深雅健，
　诗词育才英名垂。

2017.3

扳倒井

——根据民间传说

菊巷满院花争艳，
八仙闻香来游玩；
镇公寻杯难找全，
八仙见井似清泉；
戏言扳倒喝井水，
“扳倒井”名留人间。

2017.3

长寿村

房前屋后花草树，
绿林参天叶枝舞；
清新氧气常营养，
长寿老人安居处。

雁滩公园

银花喷洒深处桥，
柳树倒影花枝俏；
引得大雁落湖心，
群鹅唱歌雁舞蹈。

忆往湖水冰雪罩，
战士过湖冰碎消；
三少一青救战士，
九岁苏成英烈豪。

琴声颂扬歌如涛，
小亭胡琴秦腔潮；
健操舞步四处起，
舞姿倒影水上漂。

绿荫陪伴健身道，
慢步竞走健身潮；
湖边书院育英才，
“水景明珠”金城骄。

2017.4

陇上学子的摇篮

——为临洮中学九十年校庆而作

陇上学子的摇篮，
　你从出生到现在；
走过漫长的岁月，
　经历了九十年载。

你曾在风暴中成长，
　在忧伤徘徊中等待；
你艰难地向前行进，
　寻找出光明的年代。

你曾有过多少园丁，
　留下了不少的风采；
燃尽自己照亮别人，
　发热发光献出情爱。

今天再看校园里，
　一代更胜过一代；
他（她）们在辛勤耕耘，
　培养着祖国英才。

2017.9

十九大感怀

五洲四海颂扬十九大，
　　神州为金融经济领航；
脱贫致富实现中国梦，
　　给世界发展指明航向。

反腐利剑指向苍蝇老虎，
　　国家的经济才能振兴；
为全世界敲响了警钟，
　　拒腐才能使国家前行。

国民经济在稳步增长，
　　民生收入年年有喜庆；
走中国特色社会之路，
　　美丽祖国向富强奔腾。

治沙治霾治污绿色发展，
　　展现了美丽的生态环境；
高科高铁新能遍布神州，
　　显示出了新时代的启程。

大坝大矿长桥争相呈现，
　引领着神州的各项工程；
海陆空武警成强军之师，
　保卫着祖国建设的安宁。

全国教育引领英才众多，
　体健医保养老普及年丰；
贫困地区走向致富之路，
　全民奋起建设事业盛兴。

一带一路走向共建共享，
　深受全世界各国的欢迎；
神州在发展各国要前进，
　包容合作带来携手共赢。

神州前进引领五洲四海，
　金融科技在发展中新生；
世界经济发展汇成巨流，
　浩浩荡荡地向前面航行。

2017.10

军人礼赞

赞军人，离家乡，
爸妈送子情意长；
妈妈拉手爸叮咛：
部队当兵武练强。

赞军人，训练忙，
爬滚摔打真功扬；
炎热风雨全无阻，
强军强兵时代强。

赞军人，守边疆，
过年过节难探望；
难会亲人难见妈，
站岗放哨为家乡。

赞军人，多荣光，
高山野林巡查岗；
不怕敌狼不怕寒，
守卫边防红旗扬！

2017.10

谢军嫂

谢军嫂，爱军人，
　送走阿哥去当兵；
三年五载不回家，
　阿哥安心在军营。

谢军嫂，多苦辛，
　年老公婆得照应；
年幼子女送上学，
　照料家人日夜勤。

谢军嫂，情意深，
　军嫂也爱阿哥勤；
高山严寒苦和累，
　坚守边防国安宁。

2017.11

合作·繁荣

神州在崛起，
　经济发展正逢宏载；
从神州开始，
　一带一路飘扬海外。

各国相互携手，
　包容互赢共享共荣！
世界将在兴起，
　经贸起步合作情浓。

国家要发展，
　经济是发展的命脉；
合作需创建，
　不分大小五洲四海。

经贸合作兴旺，
　金融、科技共享赢利；
展望世界久安，
　各国走向富裕天地。

2017.12

实现新时代的期盼

尽管走过的路坎坷，
　不能因此软弱消闲；
经历过生活的艰辛，
　虽有委屈也不抱怨。

走过的路自有风采，
　后续之路继续向前；
迎着新的宏伟蓝图，
　搏击风浪冲破阻拦！

怀着对未来的理想，
　正努力为祖国奉献；
怀着对未来的期待，
　实现新时代的期盼！

2017.12

乘缆车

缆绳架起天河桥，
牛郎织女游天瞧；
碧水绿地伴高楼，
秀山高林彩云绕。

收割机

正逢六月麦收天，
风吹过后麦浪翻；
收割机器地中过，
落袋麦粒摆地边。

戈壁沙滩换新颜

绿洲兴旺沙滩变，
沙土地里瓜果甜；
新能高铁高原歌，
戈壁沙滩换新颜。

科考卫星已上天

高科技能再领先，
科考卫星已上天，
登月惊醒嫦娥梦，
甚多信息传人间。

中华儿女多英才

体坛外交惊四海，
奥运会上展风采；
多项比赛频夺冠，
中华儿女多英才。

海陆空

海陆空军显阵容，
各项兵种具神功；
招之即来战能胜，
守卫边防海陆空。

共享同振兴

走廊戈壁驼铃声，
丝绸之路万里行；
一带一路开新局，
共赢共享同振兴。

荒山绿化者

早出晚归山上转，
一片荒山心里寒；
浇水种树承包山，
荒山变成绿林园。

背篓电工

电工离家亲人念，
山高路窄过崖难；
肩扛电杆深林内，
背料接线山户暖。

党之爱心暖心窝

下乡帮扶山村落，
惠民政策落实多；
阳光普照山村庄，
党之爱心暖心窝。

中国梦

中国进入新时代，
　　各项产业大振兴；
脱贫致富进城乡，
　　神州实现中国梦。

赞袁隆平院士

头发花白思愿宏伟，
　　四季勤苦终生创新；
杂交水稻穗大杆壮，
　　创始高产奉献情深。

今天农村变了样

国免公粮党扶贫，
贫困低保进村岭；
医保看病在家园，
年老幸福引众擎。

杭州雪景

——二〇一八年一月二十六日下大雪后

绿叶层层银花俏，
落叶枝条雪凌罩；
满山遍野云朵天，
山茶花开雪中娇。

龙井茶

龙井山上景色秀美，
龙井山下茶树聚会；
龙井茶农情意堪醉，
归时余兴龙井茶味。

西湖

西湖美景甲天下，
三面环山处处花；
青山碧水湖多姿，
十大美景传华夏。

拜年

春节亲朋相拜年，
短暂相聚心里甜；
辞别旧岁诉心愿，
新时代迎幸福年。

金城美

百花争艳梅花璀，
天蓝山绿碧河水；
绿叶飘拂水雾旋，
清新整洁金城美。

南屏山麓新农村

在临洮的南屏山脚下，
　有一片漂亮的新村庄；
相同门庭一样的巷道，
　每家二楼充满了阳光。

昔日农户散居在山坡，
　吃水困难没有电灯光；
小孩上学走山坡小道，
　父母的牵挂心怀忧伤。

乡镇府山下帮盖新村，
　生活上学和城里一样；
白天耕作在山坡地头，
　晚上娱乐聊着好时光。

2018.3

刘家峡水库

黄河来到刘家峡旧地，
　　在峡谷肆意咆哮奔波；
展现凶狠的流水浪涛，
　　谁愿长停在峡谷山坡？

现在流水被锁在峡谷，
　　起伏的绿山环抱碧波；
过去流荡奔腾的黄河，
　　山峡大坝截流成湖泊。

飞旋的水鸟水中嬉游，
　　游乐的快艇相互追波；
碧水浪花伴送来电源，
　　黄河欢唱着峡谷流过。

2018.3

引洮

洮河流水日夜流淌，
清澈闪亮碧波荡漾；
养育两岸城乡儿女，
千里奔流临洮城旁。

多余水流不让白淌，
要分送到远方她乡；
经过漫长艰难路程，
流向那干旱的地方。

铺建好长长的河床，
洮水在高山上流淌；
钻通岩石修好涵洞，
波涛在隧道中弹唱。

过去没有人敢想望，
旧朝代难办的事项；
陇中儿女奋战引洮，
洮水流入高坡村庄。

2018.3

姑娘成了养鸡能手

家院外面有块自留地，
　爸妈同意姑娘喂养鸡；
先将自家的母鸡养好，
　让安静地抱起了小鸡。

年底已养鸡过了百只，
　有一天鸡瘟带来危机；
抢救不及死去了不少，
　姑娘气得在房中哭泣。

爸妈建议到外地看看，
　养鸡大户是怎样养鸡；
爸妈贷了政府扶贫金，
　县上帮建封闭养鸡地。

盖起的鸡舍分了层次，
　生长和产蛋喂养分流；
卫生消毒每天全到位，
　两年养鸡增长四千九。

姑娘的鸡厂名扬村外，
　成了乡里的养鸡能手；
邻村媳妇姑娘来参观，
　夸奖致富路上带了头。

2018.3

清明节

一年一度清明里，
华夏民族敬祖遗；
不忘先烈献雄愿，
亿万人民祭英绩。

侨胞不忘祖息里，
台胞思恋归根地；
飞天渡海还夙愿，
献上吊念祖先礼。

华夏儿女清明里，
祭祖怀念祖养益；
故人幽灵享心愿，
春暖花开故里地。

2018.4.5

卧龙寺

峰峦蜿蜒白云皎，
真像长龙卧山霄；
晚唐所建卧龙寺，
藏传佛教高僧朝。

站在龙寺远野眺，
洮水银装浪滔滔；
南屏隐现凝白雪，
北岭聚云绕山腰。

2018.4

洮水河川

站在岳麓山巅的顶峰，
　展望临洮的河水川迹；
北去的洮水银光荡漾，
　山川谷坡生长稼穑地。

村舍高楼似星落密布，
　洮水养育着农田城邑；
勤劳的农户田间耕作，
　果树花草遍种村社地。

洮水里深藏洮河奇石，
　辛店马家窑留有古遗；
享有彩陶之乡的美誉，
　黄河上游古文化遗地。

南坪望儿嘴现秦长城，
　岳麓烽火可传送敌檄；
谓古代兵家争夺重镇，
　古丝绸路上必经之地。

荣获民艺花卉诗词乡，
　新文化续古文化兴起；
洮河儿女紧跟新时代，
　明天将创新的明星地。

2018.4

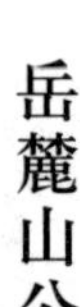

岳麓山公园

从宋代建东岳庙于山麓，
　岳麓山渐渐展现出风光；
古林青松春迎杨柳飘拂，
　泉流碧波山石中叮咚响。

亭阁古寺错落隐藏山坳，
　超然书院显现前贤容光；
远来老子羽化飞升凤台，
　姜维墩守护在山巅顶上。

奇花异草展示美丽姿影，
　经济园里桃李果花争放；
深山隐藏奇特灌木古树，
　展示着园林游览的地方。

群鸟啼叫飞穿绿树林间，
　蜜蜂蝴蝶花间争香采养；
像是桂林山水从天降临，
　山光水色汇聚岳麓山上。

2018.4

高原的春天

告别了雪飘田野冬寒，
送走了地冻草叶枯断；
迎着日暖阳光的降临，
春赋的情谊温暖时添。

新来的春色遍洒高原，
冬眠的草木得到甘泉；
大地飘动绿色的衣裙，
春风摧花开清香飞散。

大地上播下苗种万千，
赋予的春光新生始建；
精心耕耘情爱偿厚惠，
累累的果实秋后荣显。

春风洒遍了牧场草原，
羊群畅游在绿浪里面；
高原儿女新春敬酣饮，
春风送春雨春色迷恋。

新时代开创第一春天，
迎来了新的创业起点；
点燃心中深藏的欢欣，
春天的时光催人向前。

2018.4

敦煌莫高窟

鸣沙山东麓的断崖上，
　五层石窟在错落伸延；
存放着佛教艺术宝藏，
　居中国四大石窟之前。

相传鸣沙山金光万道，
　状有千佛在闪烁显现；
僧人乐尊开凿第一窟，
　佛窟延建十代存今天。

石窟布满了彩画雕塑，
　是座伟大的艺术宝殿；
菩萨的姿容优美慈祥，
　画技雕艺全世界称赞。

2018.5

鸣沙山·月牙泉

戈壁滩上有神奇景观，
黄沙推出一座鸣沙山；
从山顶上下滑沙鸣响，
早上难寻昨日脚踏践！

鸣沙山环抱着月牙泉，
碧波伴绿水清泉美艳；
水草丰茂藏有三件宝，
黄沙飞渡不落泉水面。

2018.5

玉门

古时赤金小溪冲出石漆，
　石漆用来烧炕点灯照明；
小溪中散发着石油味道，
　当地人就以石油河称名。

五十年代这里大兴开采，
　在黄土沙滩建起石油井；
石油不断供应全国各地，
　成了新中国的第一油城。

今天油产衰竭失去辉煌，
　这里确有众多石油精英；
众多的铁人奔向大油田，
　为国奉献出采油的技能。

新的市区在玉门镇兴起，
　将接替石油城走向兴盛；
转动风车建立风电三峡，
　将成新能源的一座新城。

2018.5

酒泉来由

匈奴侵犯边关为祸中原，
　　汉朝帝国举起反击战旗；
霍去病西征将外敌击败，
　　凯旋班师回到了泉水地。

汉武帝赐来一坛庆功酒，
　　霍将军把美酒倒入泉里；
同与战士共饮甘泉酒水，
　　酒泉的地名从此流传起。

2018.5

酒泉卫星发射中心

一小片绿洲留住在沙滩，
卫星航天城落户在里面；
高高的发射塔屹立驿站，
科技卫星首次从此航天。

航天英雄披挂登天服件，
从问天阁驶向发射塔栏；
乘坐运载火箭冲向蓝天，
载人航天登上宇宙空间。

2018.5

夜光杯

酒泉玉石夜光杯，
月下盛酒杯生辉；
葡萄美酒相敬献，
边塞风光美景醉。

嘉峪关

长城西去嘉峪关，
戈壁沙滩少人烟；
天下雄关在边疆，
长城屹立难侵犯。

古人西到嘉峪关，
难见杨柳迎春天；
朝代更迭难计算，
常留小镇在边关。

今天来到嘉峪关，
绿洲盖住荒沙滩；
关城南接天下墩，
悬臂长城依然见。

富矿抚育嘉峪关，
酒钢落户戈壁滩；
各项产业展宏图，
高楼迎着风沙建。

讨赖河流嘉峪关，
水上乐园游乐欢；
碧水清新绿化美，
园林城市真率先。

2018.5

张掖丹霞

丝绸路上张掖景艳，
湖泊碧水沙漠互现；
冰川森林草原汇聚，
丹霞地貌溢彩映焕！

悬崖峭壁矗立山峦，
峰林石柱直插蓝天；
日光斜照山岩重叠，
雨后放晴色彩争艳。

山崖远望红霞尽染，
纹理近看斑斓绝艳；
一日多彩变换奇妙，
享有中外神奇景观。

远望祁连高山顶端，
白雪银装云里隐现；
沙漠闪现海市蜃楼，
牛羊奔穿绿浪草原！

2018.5

沙漠里的草原

沙土地里长出新草，
沙滩边栽满了新树；
　新树和新草亲相连，
　在草原里拥抱相伴。

绿树丛林直插云霄，
草原飘在绿色海洋；
　轻风拨动浪波起翻，
　阳光彩霞融进里面。

暴风起潮空中呼啸，
骤雨来时卷着水波；
　风暴难卷黄沙飞迁，
　雨水飘洒滋养草原。

牧民祖辈守护地草，
不怕风雨躲着风暴；
　牛羊奔驰游波草原，
　好像云朵遨游蓝天。

2018.6

人生的搏击

黄河流水万里长，
黄河后浪推前浪；
　前浪一去不复回，
　后浪跟随向前追！

人生享乐黄河旁，
人生奉献山河香；
　浪上搏击不退回，
　儿孙跟随祖先归。

黄河不困也不累，
黄河留下长流水；
　养育华夏农田地，
　建下美丽山川绩。

人生难比黄河水，
人生短暂难比美；
　跟新时代勤劳益，
　留给后代辛勤礼！

2018.6

后　记

我是一个诗歌爱好者，也是一个诗作践行者。青少年时代阅读过一些中外名诗，对我影响较大。一九五八年高中毕业后在中科院兰州分院地质研究所工作期间，在甘肃河西走廊、新疆、内蒙古边界参加了地质普查找矿、地研工作。在起伏的高山、茫茫的沙漠、秀美的草原、艳丽的绿洲，野外地质队在狂风飞沙的戈壁，在暴雨飞雪的荒山野岭，进行着艰苦地勘探征程，激发了我心中的灵感，开始了我写诗的生涯。书稿第一辑《青春梦影》就是那时地质野外队的写照。以后上大学攻读数学，毕业后又在教学第一线忙于高中升考大学的教学，无暇再和诗作接触。一九九七年我退休后有机会接触到农民建筑工，加上熟知改革前农民艰难的生活，使我完成了改革开放后的《农村新貌》的诗作。第三辑是我七十岁以后近十年的诗作，仅从去年十月开始到今年六月就有四十多首，颂扬了改革开放，新时代的风采，故名《嘉年华吟》。

青少年时的爱好，艰辛岁月的经历，丰富的生活，时代的阳光成了我诗作的源泉。亲朋和社会的支持，新时代的催促“不忘初心”，是我整编、创作写诗的动力。间隔三十多年后又拿起笔为改革开放而歌，为新时代而歌。

一切事物都在发展中探索更新，在更新中争创发展。文学作品也不例外。我写的诗作是以现代格律诗的面目出现，没有受古代格律诗平仄和严格的韵律约束，吸取了古格律诗每节（段）行数整齐字数略同；按不同内容的要求，采用了灵活的押韵；与韵脚结合有规律的排写方式增强了诗的节奏和音韵感，增强了诗的意境。像自由诗体一样抒发情感不受限制，以便容易看懂，容易理解，读时有音韵感。争取使情露于诗中，意融于景中，使意情景融为一体。

现就押韵和诗体排写的格式做如下说明：（1）每节一、二、四句押脚韵，采用古诗齐起齐落的排写格式。如《野外地质颂》《雨中》《砖瓦工》《军人礼赞》《引洮》等，这类诗体较多。（2）每节的二、四行押脚韵，向后移一字排列，突出了押韵行整齐排列，增强了韵味。如《地质队来了群姑娘》《队长的榔头》《洮河大桥》《一代诗豪》《黄河流过金城湾》等。（3）以内容的要求每节最后两行押同脚韵或重复出现，此二行移后一字排列。如《远望高峰赞英雄》《戈壁沙滩的风暴》《欢乐的一天》《牧女归来》《沙漠里的草原》等。（4）随着诗体内容的配合，第一节作为诗体的前引，向后移一个字排写。如《密林女郎》《荒野小溪旁》《农家乐》《十九大感怀》等。（5）有些诗运用了首末节呼应或重复出现，将前后两节后移一字排写，加深诗体的诗兴。如《正迎着山边的朝阳》《地质战士爱高原》《送别的时刻》《老师好》等。（6）另外有一些诗按其内容，韵脚灵活排行以加深诗意。如《矿山》《实在我还太年轻》《翻山过河迎你归》《海边沐浴》等。诗海无边，学无止境。我只是诗海里的学泳者，诚望读者和专家批评指正。

诗集终于付梓出版发行。感谢诗人、作家张军（中华诗词学会会员，甘肃省作家协会会员）为此书定稿排版付出的劳动；感谢诗人、书法家冯诚（诗集已译至国外）在兰州时为此书题命书名，写了序言；感谢为本书出版付出辛勤劳动的所有人。

感激给我收编整理，继续写诗的新时代；感谢鼓励我完成整理长达六十年、中间又间断三十余年诗作的亲人和朋友们。

吴世维 2018 年 9 月于兰州